弓を引く人

パウロ・コエーリョ
山川紘矢＋山川亜希子＝訳

KADOKAWA

O caminho do arco
(The Archer)

by Paulo Coelho
Illustrations by Christoph Niemann

装丁　寺澤圭太郎

レオナルド・オイティシカ、あなたはある日、サン・マルティンで弓道の練習に励んでいた私を見て、この本を書くアイディアをくれました。ありがとう。

無原罪の聖母マリア、あなたを崇める私たちの為にお祈りくださいますように。アーメン

行いの伴わない祈りは、弓のない矢のようなものだ。
祈りを伴わない行いは、矢を伴わない弓のようなものだ。

――エラ・ウィーラー・ウィルコックス

Contents

プロローグ

「哲也さんのことですか？」

少年はその見知らぬ男を驚いて見つめた。

「この村の人は誰一人、哲也さんが弓を持っているところを見ていません。みんな、彼のことを大工だと思っています」と少年は答えた。

「彼は弓をあきらめたか、または自信をなくしたかしたのだろう。そんなことは私にはどうでもよいことだ」とその見知らぬ男は言った。「もし彼が弓をやめたのであれば、もはや、この国で一番の射手とはいえまい。私が何日間も旅をしてここまでやってきたのは、彼に挑戦して、国一番の射手、弓の名人だという、すでに意味のない彼の評判をもうおしまいにするためなのだ」

少年は、この男とこれ以上議論してもむだだと分かった。間違いであることを分かってもらうためには、この男を哲也の工房に連れて行くのが一番いいだろう。

哲也は彼の家の裏にある工房にいた。

哲也は誰が訪ねて来たのかを確かめようとして、こちらを振り返った。しかし、その見知らぬ男が携えていた長い袋を目にすると、哲也の微笑みはたちどころに消えた。
「まさに、あなたが想像されたとおりです」とやってきたその男は言った。「私がここに来たのは、今や伝説になっているあなたに恥をかかせるためでも、あなたを怒らせるためでもありません。ただ私は、自分が修行に何年もついやして、ついに完璧の域に達したことを証明したいのです」
哲也は自分の仕事を再び始めようとした。彼は机に脚を取りつけるところだった。
「長年すべての世代の人々の手本であり続けた立派なお方が、今のあなたのように、人々の前から姿を消すことは許されません」と見知らぬ男はさらに続けた。「私はあなたの教えに従いました。そして、弓道を敬い、大切に学んできました。私にはあなたに弓の技を見ていただく資格があると思います。あなたに見ていただければ、私は帰ります。そして、最も偉大なマスターの居場所は他の誰にも絶対に教えません」
その男は袋から長い弓を取り出した。その弓は光沢のある漆で塗られた竹でできていた。そして握る部分は、弓の中央よりやや下についていた。彼は哲也に向かって深くお辞儀をしてから、庭に出ていった。それから、彼はある場所に向かって、もう一度お辞儀をした。

彼は、ワシの羽根のついた一本の矢を取り出すと、次に両足でしっかりと地面を踏みしめて立った。それは矢を射るための確固たる基本姿勢だった。さらに、今度は片方の手で顔の前に弓をかかげると、もう一方の手で、矢を定位置にあてがった。

少年はよろこびと驚嘆の面持ちでこれを見ていた。今や哲也も仕事を中断して、その男の行動を興味深げにじっと見つめていた。

男は矢を弦(つる)につがえると、矢が自分の胸の中央の高さにくるまで弓を持ち上げた。つぎに、彼は矢を頭の上まで持ち上げると、ゆっくりと再び腕をさげながら、弦を引き始めた。

矢が顔の高さまできたとき、弦は十分に引き絞られていた。永遠に続くかのように感じられる一瞬、射手と弓は完全に静止した。少年は矢が向けられている方向を見たが、そこには何も見えなかった。

突然、弦を持つ手が開かれ、その手は後ろに放たれた。

もう一方の手で支えられていた弓は優雅な弧を描き、矢は一瞬、視界から消えたが、再び遠くに現れた。

「行って、矢を取ってきなさい」と哲也が少年に向かって言った。

少年が矢を持って戻ってきた。その矢先にはサクランボが刺さっていた。少年はその矢を40メートル先の地面の上で見つけたのだった。

哲也は矢を射た男に軽くお辞儀をすると、仕事場の片隅に行き、長細い木の枝のようなものを手に取った。それは微妙にカーブしていて、細長い革で包まれていた。

哲也がゆっくりと革の覆いをほどくと、中から男が使った物によく似た弓が現れた。ただ、男の弓と違って、哲也のものはずっと使いこまれているように見えた。

「私は矢を持っていないので、あなたの矢を一本、使わせてください。あなたのお望み通りにします。しかし、あなたがおっしゃった約束を必ず守ってください。私の住んでいる村の名前を他の人に教えてはなりません。もし、誰かがあなたに私のことを尋ねたら、世界の果てまで捜して居場所をやっと尋ね当てたが、その男は蛇に嚙(か)まれて、その2日後に死んだと伝えてください」

男はうなずくと、彼の矢を一本、哲也に差し出した。

哲也は竹でできた長い弓の一方の端を壁に立てかけると、弓に強い圧力をかけてしならせて、弦を張った。そのあと、彼は何も言わずに遠くの山に向かって歩き始めた。

男と少年は彼に従った。三人は1時間ほど歩き続けた。

そして二つの大きな岩に挟まれた深い谷間にたどりついた。

谷間には流れの激しい川が流れていた。その谷間を渡るには、ほとんど今にも壊れそうな古びた吊り橋を行くしかなかった。

哲也は落ち着いた面持ちで、ゆっくりとその橋の真ん中まで歩いて行った。橋はゆらゆらと不安定に揺れうごいた。哲也はそこで立ちどまると、向こう岸の何ものかに向かって、丁寧にお辞儀をした。そして、弓に矢をつがえると、男が先ほどしたのと同じように、おもむろに弓を頭の上にあげた。次にそれをゆっくりと胸の高さまでおろし、矢を放った。

少年と男は、20メートル先にある熟れた桃の実にその矢が突き刺さるのを見た。

哲也は安全な川岸に戻ってくると、男に向かって静かに言った。

「あなたはサクランボを射貫（いぬ）きました。私は桃を射貫きました。サクランボの方がずっと小さい。しかも、あなたは40メートルほど先の的に当てました。私の的はその半分の距離でした。だから、あなたの実力をもってすれば、私が今行ったことと同じことができるはずです。橋の真ん中に立ち、私と同じことをやってください」

その男は恐怖に震えながら、崩れかかった橋の中央まで恐る恐る進んだ。そして、足の下にひろがる垂直な深みを見て立ちすくんだ。彼は哲也と同じ儀式を行ってから桃の木に向かって

矢を放った。しかし、その矢は的から大きく外れた。

男が川岸に戻ったとき、彼の顔は死人のように真っ青だった。

「あなたは技術、威厳、姿勢（たたずまい）をしっかりと身につけています」と哲也は言った。「あなたは技術を十分に自分のものにし、確かに弓道をマスターしています。しかしながら、あなた自身のマインドをマスターしているとはいえません。あなたはすべての状況が整った場所では弓を射ることができるでしょう。しかし、危険な場所では的に当てることはできません。射手は常に戦場を選べるわけではありません。ですからもう一度練習を始めて、不利な状況に備えてください。どうぞ弓の道を歩み続けてください。なぜならばこれは一生の旅だからです。しかし、どうか覚えておいてください。最上かつ正確に的を射ることと、魂の平安を保って的を射ることとは、全く別のことなのです」

男はもう一度、深くお辞儀をし、弓と矢を長い弓袋に元通りにしまい込むと、それを肩に背負って立ち去っていった。

山からの帰り道、少年は胸を躍らせていた。

「哲也さん、彼に見せてやりましたね！　あなたこそ本物です。最高です！」

「我々はまず、相手の言い分を聞くことと、そして相手を尊敬することを学ばなければならない。それを学ばない内は、他人のことを判断してはならないよ。あの人は良い人だった。彼は私に恥をかかせようとはしなかったし、自分が私より優れていることを証明しようともしなかった。そのような印象を与えたかもしれないがね。彼は私に戦いを挑んできたように見えたかもしれないが、自分の技術を披露して、それを認めてもらいたかっただけなのだ。それに射手は予想外の試練に立ち向かわざるを得ない場合がある。これは弓道の修行の一環だ。まさしく、彼が今日、私にさせたことはそれだったのだよ」
「あの人は、あなたが弓の第一人者だと言っていました。でも、僕は哲也さんが、弓道のマスターであることさえ知りませんでした。哲也さんはどうして大工として働いているのですか?」
「弓道の精神はすべての道に通じるからだ。それに木材を扱う仕事をしたいというのが、私の長年の夢だった。弓道を極めた者は弓も矢も的も必要としないのだ」

「この村では面白いことが何もおこりません。でも、今突然、僕がここにいて、もう誰一人として関心を示さない弓術のマスターと顔を合わせているなんて、信じられません」と少年は目を輝かせて言った。「弓の道とは何のことですか？　僕に教えてくださいますか？」

「教えることはむつかしくない。村に歩いて帰る間に、1時間もかからないで教えることができるだろう。むつかしいのは、そのあと、必要な精度をマスターできるまで毎日練習を積み、研鑽(けんさん)を重ねることだ」

　少年の目は哲也にどうか教えてくださいと懇願しているようだった。哲也は黙ったまま、15分近く歩き続けた。哲也が再び口を開いたとき、彼の声は若返っているように聞こえた。

「今日、私はとても嬉(うれ)しく思っている。もう何年も前、私の命を救ってくれた人に感謝の念を捧(ささ)げることができたからだ。だからこそ、お前に必要なルールを全て教えよう。しかし、それ以上は私にはできない。私がこれから言うことを理解したら、お前はその教えを使いたいように使いなさい。

　何分か前、お前は私のことをマスターと呼んだ。マスターとは何なのだろうか。私ならこう言おう。マスターとは何かの知識を教える人のことではない。マスターとは、魂の奥底に最初から持っている自分自身の知恵を見つけるために、最善を尽くしなさいと、生徒を鼓舞し、彼らに霊感を与える人のことだ」
　そして山道を下りながら、哲也は少年に弓の道について説明をしたのだった。

仲間たち

弓道家でありながら、弓矢を扱う喜びを他人と分かち合わない者は、自分自身の持つ良さと欠点について知ることはできないだろう。

それゆえに、弓道を始める前には、まず仲間を見つけなさい。仲間とは、あなたのしていることに興味を持ってくれる人たちのことだ。

『他の弓道家』を見つけなさいと、言っているのではない。弓道以外の、他の技術を持っている人を見つけなさいと言っているのだ。なぜならば、弓の道は、情熱をもって取り組まれているどのような道とも、何ひとつ違わないからである。

あなたの仲間は必ずしも、まぶしいほど燦然と輝いていて、誰もが「あれほどの人はいない」とあがめ、称賛するような人たちではない。それとは反対に、間違えることを怖れず、従って、間違いを犯し、そのために、彼らの仕事はしばしば世の中の人々から認識されないような人たちだ。しかし、彼らこそが、世界を変えていく人たちだ。彼らは多くの間違いを犯したあと、やっと社会に本当の変化をもたらすことができる何かをなし遂げるのだ。

彼らは、自分の態度を決めるときに、ものごとが起こるのをじっと待つことができないタイプの人たちだ。彼らはそれが非常に危険なことであると知っていても、行動しながら態度を決めていく人たちである。

弓を射る人にとって、そのような人たちと友だちになることはとても大切だ。なぜならば、次のことを理解する必要があるからだ。それは、的に向かう前、弓を胸に持ち上げて矢をつがえるときに、方向を自由に変えて良いのだと十分に知っていなければならない、ということだ。彼が手を開き、弦を放すとき、彼は自分自身にこう言うだろう。「今、この弓を引く瞬間に至るまで、私は長い道のりを歩いてきた。私は危険を冒し、自分の最善を尽くした。そして、今この矢を放つのだ」

最高の仲間たちとは、他のすべての人たちと同じようには考えない人たちのことだ。だから、弓に熱中している気持ちを分かち合える友だちを見つけたければ、自分の直感を信じ、人が何と言おうと、他の人の意見を気にしてはいけない。人はいつも自分の限界のある考えで、他人を判断しているからだ。多くの場合、人の評価は偏見と怖れに満ちている。

冒険を試み、危険を冒し、失敗し、傷つき、それでもさらに危険を冒す人たちと友だちになりなさい。

正しいとされていることを主張し、自分の考えと合わない人間を批判し、人々から尊敬されると確信できないことには手を出さない人、そして、疑わしいことよりも確実なことだけを好む人を敬遠しなさい。

心をひらき、傷つくのを怖れない人たちと友だちになりなさい。人が成長するのは、批判するためでなく、その努力と献身と勇気を称賛するために仲間が行うことを見るようになったときだけだと、彼らは良く知っているからだ。

パン職人や農業にたずさわる人たちが、まさか弓道に興味を示しはしないだろうと思うかもしれない。しかし、彼らは自分が見たものは何であれ、自分の仕事に取り入れようとするものだ。あなたも同じようにするだろう。あなたは良いパン職人から、両手の使い方や、おいしいパンを焼くための材料の混ぜ方を学ぶだろう。あなたは農業をする人から、忍耐すること、勤勉に働くこと、季節を尊重し、そして嵐がきても嵐をうらんだりしないことを学ぶだろう。嵐をうらんだところで、それは時間の無駄だからだ。

弓を作っている竹のように柔軟な考え方を持ち、人生の途上で前兆を読むことのできる人たちと仲間になりなさい。彼らは、人生で越えられない障害に遭遇したり、より良いチャンスに出会ったりしたときに、ためらわずに人生の方向転換をすることができる人たちだ。彼らは水の資質を持っている。水は岩を迂回(うかい)して流れ、川の流れにのり、くぼみがあるとそこがいっぱいになるまで池を作り、やがてそこから溢(あふ)れ出して、また自分の道を進んで行く。なぜならば、水は海にゆきつくことが自分の運命であり、遅かれ早かれ、海に到達しなければならないことを、片時も忘れはしないからだ。

「うまくいった、もうこれ以上学ぶ必要はない」などと決して言わない人と付き合いなさい。なぜならば、冬のあとには必ず春が来るように、何ごとにも終わりはないからだ。自分の目的を達成したあとも、あなたはそれまでに学んだことのすべてを使って、再び前に進まなければならないのだ。

歌を歌う人、物語を話す人、人生に喜びを感じる人、目が輝いている人と友だちになりなさい。なぜならば、喜びは他の人々に伝染し、周りの人が落ち込んだり、孤独になったり、困難に出遭って動けなくなったりするのを防ぐからだ。

仕事に情熱を感じて熱中する人々の仲間になりなさい。あなたが彼らの役に立てると同時に、彼らもまたあなたの役に立つことができるだろう。だから、彼らの道具を知り、どうすれば彼らの技術をもっとよくすることができるかを理解するように努めなさい。

そうして今、あなたの弓、矢、的、そして、自分の道に出会う時が来たのだ。

弓は人生だ。そしてすべてのエネルギーの源泉だ。

矢はある日、去ってしまうだろう。そして、的はずっと遠くにある。

しかし、弓はこれからもあなたと共にあるだろう。だから、あなたは弓の手入れの仕方を知らなければならない。

弓は休息の時を必要とする。——常に戦いに備えて張り詰めている弓は強靭（きょうじん）さを失う。だから、弓に休息を与え、力強さを回復させなさい。そうすれば、あなたが弦（つる）を引くとき、弓は潑剌（はつらつ）として、その力を十分に発揮するだろう。

弓は意識を持たない。つまり、それは射手の手の延長であり、射手の欲望の延長でもある。それは殺傷のための道具にも、瞑想(めいそう)のための道具にもなりうる。それゆえ、常にあなたの意図は明確でなければならない。

弓はしなやかで、柔軟性がある。しかし限界も持っている。その許容量を超えて引き伸ばすと、弓が壊れてしまうか、あるいは弓を持つ手が疲れてしまう。それゆえに、あなたの道具と調和するように努力しなさい。そして、弓が与えることができる以上のことを、弓に要求してはならない。

弓は射手の手の内で、あるときは休息し、またあるときは緊張する。しかし、手は射手の身体の全ての筋肉、全ての意図、全ての努力が集中した場所にすぎない。

それゆえに、弓を引くときに完璧で優雅な姿勢を保つためには、身体の全ての部分が必要な動作だけを行い、エネルギーを無駄に浪費しないように気をつける必要がある。そうすれば、多くの矢を疲れることなく射ることができるだろう。あなたの弓を理解するためには、弓があなたの腕となり、あなたの思考の延長とならなければならない。

矢

矢は意図そのものだ。

矢は、弓の力と的の中心を統合するものだ。

その意図は水晶のように研ぎ澄まされ、まっすぐで、しかもバランスがとれていなければならない。

一旦(いったん)、弓を離れたら、矢は戻ってはこない。それゆえに、そこに至るまでの動きが十分に正確で正しくないならば、矢を射るのを中止した方が良い。すでに弦(つる)が完全に引かれ、的がそこにあるからといって、不注意に矢を射るべきではない。

しかし、もしあなたが間違いを犯すのが怖くて動けないのであれば、矢を放つ動作をためらってはならない。

正しい動作を行ったのであれば、手を開き、弦を放しなさい。たとえ矢が的をはずしたとしても、次に的をねらうときにどのようにすれば上達できるか、学ぶことができる。

危険を冒さなければ、何を変える必要があるのか、あなたは絶対に知ることはできない。

放たれた一本一本の矢があなたの心に記憶を残す。そして、これらの記憶の集大成が、あなたの弓をどんどん上達させてゆくのだ。

的

的は到達すべき目的地だ。

それは射手によって選ばれたもので、はるか遠くにあるが、その的を外したとしても、私たちは的をとがめることはできない。ここに、弓道の美がある。なぜならば、敵があなたより強かったといって、あなたは自分自身に言い訳することはできないからだ。

あなたが的を選んだのであり、その責任はあなたにある。

的は大きかったり、小さかったり、右にあったり、左にあったりする。しかし、あなたはいつもその的の前に立ち、その的を尊敬し、心の内でその的をすぐ近くに引き寄せなければならない。的が、矢の先と完全に一致したときにのみ、あなたは弦を放すべきだ。

もしも、あなたが的を自分の敵とみなすならば、その的に運良く命中させたとしても、あなたの中に何の進歩も生まれないだろう。あなたは一生を通じて、紙切れや板切れの中心に矢を突き刺そうと努力して生きるだけだろう。それは全く意味のない生き方だ。他人と一緒にいるときも、あなたは人生に面白いことなど何もないと不満を言って、時間を無駄に過ごすだろう。

だからこそ、あなたは的を選択し、それを射るために最善を尽くし、その的に敬意と尊厳の念を持たなければならない。そして、その的が何を意味しているのか、どれほどの努力、訓練、直感が自分に要求されているのかを、知る必要があるのだ。

的を見るときは、的だけに注意を払うのではなく、その周りのすべての状況に、意識を向けなさい。なぜならば、矢は放たれると、あなたが考慮しそこなった事柄に遭遇するからだ。それらは風、矢の重さ、そして、的までの距離などだ。

あなたは的を理解しなければならない。そして、いつも自分自身に問いかける必要がある。「もし私がこの的であったなら、私はどこにいるのか？　射手にふさわしい敬意を払うために、この的はどのように射貫(いぬ)かれたいのだろうか？」

的は射手がいてこそ、存在する。的の存在を正当化するのは、射手のそれを射たいという思いだ。そうでなければ、的は命のない物体であり、単なる意味のない紙切れか、板切れにすぎないだろう。

矢が的を求めるように、的も矢を求めている。なぜならば、的の存在に意味を与えるのは矢だからだ。するとそれはもはや紙の一片ではなくなる。射手にとっては、それは今や、世界の中心なのだ。

姿勢

一旦、弓と矢と的を理解すれば、あなたは弓術を学ぶために必要な落ち着きと優雅さを得たと言えよう。

落ち着きはハートからやってくる。ハートは時に不安で揺れ動くが、しかし、正しい姿勢をとれば必ず最善の結果を生むことができることを知っている。

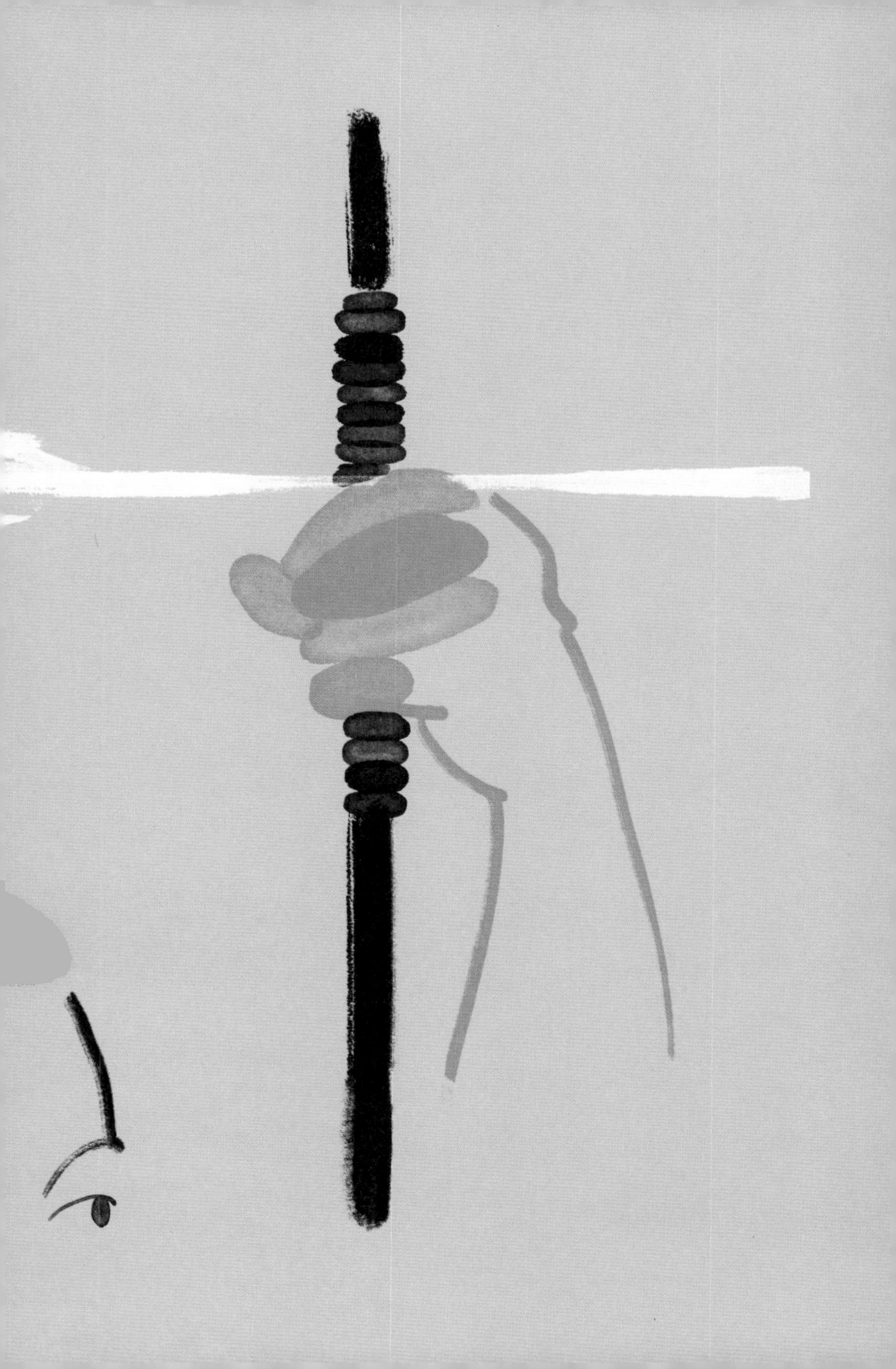

エレガンスとは表面的なものではない。それは、人間が自分の人生と仕事に誇りをもつための生き方そのものだ。時には、その姿勢が不快でつらいと感じたとしても、それが正しくないとか、不自然だとか思ってはいけない。正しい姿勢を取るのは難しいので、そう感じるのは当然なのだ。そして射手のエレガンスな所作によって、的は射手に尊敬され栄誉を与えられたと感じることができる。

エレガンスは最も快適な姿勢だとはいえない。しかし、矢が的に命中するならば、それが最高の姿勢なのだ。

エレガンスとは余計なものが全て取り除かれたときに達成されるものだ。そのとき、射手は単純さと集中力を発見する。姿勢はシンプルで落ち着きがあるときが最も美しい。

雪は白一色であるから美しく、海は表面が完全に平らであるからこそ美しい。しかし、海にも雪にも深みがある。彼らは自分の本質を知っているのだ。

矢の持ち方

矢を手に取ることは自分自身の意図とつながることだ。

あなたは矢の先からもとまで全体をよく見て、飛ぶ方向を司(つかさど)る羽根がしっかりしているかどうかを調べ、そして、矢の先端がきれいに磨かれているかどうかを確認する必要がある。

矢がまっすぐであり、前に使われた時に曲がったり壊れたりしていないかも、確かめなさい。

矢は簡素に軽くできていて、一見すると、弱々しく見えるかもしれない。しかし、矢は射手の身体とマインドのエネルギーを遠方まで運ぶことができる。それが射手の力なのだ。

たった一本の矢が一隻の船を沈めたという言い伝えがある。

その矢を射た男は、木の一番弱いところを知っていた。彼はそこに矢を打ち込んで穴をあけ、気がつかぬ間に、水がその穴から内部に浸入して船を沈めた。こうして彼の村に敵が侵入する怖れに終止符が打たれたのだった。

矢は、射手の手を離れて的に向けて飛び出す意図である。つまり、それは放たれると、自由に飛翔(ひしょう)し、自分のために選ばれた軌道に従う。

風や引力に影響されるが、それも軌道の一部だ。木の葉は嵐によって木から引きちぎられたとしても、木の葉であることには変わりない。

矢を射る人の意図は完璧（かんぺき）で、まっすぐで、鋭く、強靭（きょうじん）で、かつ正確でなくてはならない。矢が運命を離れて空中を飛ぶ時、誰もそれを止めることはできない。

弓の握り方

平常心を保ち、深く呼吸しなさい。

あなたの仲間はどの一瞬もあなたの動きに注目し、必要な時には、いつもあなたを助けてくれる。

しかし、あなたの敵もあなたを見張っていることを忘れてはならない。彼は安定した手の動きと不安定なそれとの違いを知っている。だから、もし緊張していたら、深呼吸をしなさい。深呼吸はあなたが所作のどの段階にいようとも、あなたが集中するのを助けてくれるからだ。

弓を取り上げて優雅に身体の前に構えるときは、その一射のためにここまで準備した全ての段階を、心の中で思い起こしなさい。

しかし、緊張せずに思い起こしなさい。なぜならば、頭の中で全てのルールを覚えていることは不可能だからだ。平常心をもって、全ての段階を一つひとつふり返ったとき、最もむつかしかった瞬間を思い出し、それを自分がいかに克服してきたかが見えてくるだろう。

それがあなたに自信を与えて、あなたの手の震えは止まるだろう。

弓の引き方

弓は楽器である。そして音は弦によって作り出される。
弓の弦はかなり長いが、矢はその内の一点だけに接する。そして射手のすべての知識と体験がその小さな一点に凝縮されなければならない。
もし、彼が少しでも右か左に傾いているか、または少しでもその一点が真芯より高いか低いかすると、彼は絶対に的を射ることはできない。

だから、弦を引くときは、楽器を演奏する音楽家のようになりなさい。音楽においては、時間が空間よりも大切である。五線紙に書かれた一連の音符には何の意味もないが、そこに何が書かれているかを読める人は、その音符を音とリズムに変えることができる。

弓道家が的の存在を意味のあるものにするのと同じように、矢は弓の存在を意味のあるものにする。あなたは自分の手で矢を投げることもできるが、矢がなければ弓は全く無意味な存在だ。

従って、両腕を広げる時、自分がその弓を引き絞っていると考えてはいけない。矢を静止した中心だと思い、そして弓の両端、および、弦の上部と下部を近づける、と思いなさい。弦に心を込めて触れなさい。弦に協力してくれるようにお願いするのだ。

的を見る

多くの弓道家は次のように文句を言う。長年、弓術を学び、修行してきたにもかかわらず、未だに不安で鼓動が高まり、腕が震え、的を外してしまうと。弓も矢も何も変えることはできないが、弓術は我々の誤りをより明らかにする、ということを、彼らは理解する必要がある。

人生に対する愛を感じない日には、あなたのねらいは混乱し、難しくなる。そして、弦を十分に引くための力強さに欠け、弓をあるべきようにしならせることができないと、あなたは感じるだろう。

そして、その日の朝、ねらいがうまくゆかないと、あなたはなぜ不正確になったか、その原因を追究しようとするだろう。これは、それまで隠されていたあなたを悩ませている問題に直面したことを意味している。

その反対の事も起こりうる。あなたのねらいは正確だ。弦は楽器のような音色を発する。周りで鳥が歌っている。そして、あなたは自分の最高のものを実現したことを知る。

しかし、その朝に弓をどのように射たか、うまくできたかできなかったかを気にするのを、自分に許してはいけない。これから先には多くの月日が続いている。そして一本一本の矢、それ自体が一つの人生なのだ。

あなたの良くない瞬間を、何が自分を震えさせるのかを発見するために使いなさい。良い瞬間を、内なる平和への道を発見するために使いなさい。

しかし、怖れであれ、喜びであれ、そこで止まってはならない。弓の道に終わりはないのだ。

矢を放つ瞬間

矢を射るには、二つのタイプがある。

一つは、非常に正確ではあるが、魂を伴わないものだ。この場合、射手は技術的には素晴らしく熟練しているが、的だけにしか意識を集中させていないがために、進化せずに古びてゆき、成長することができない。そしてある日、弓の道を捨てるだろう。なぜならば、すべてが決まり切った手順にすぎなくなったからだ。

もう一つは、魂を伴って矢を射るときだ。射手の意図が矢の飛翔へと変容するとき、彼の手は正しい瞬間に開かれ、弦は小鳥の歌を奏で、そして遠くにある何かを射るという動作は（大いなる矛盾だが）、自分自身への回帰と出会いを引き起こす。

弓を引き絞る、正しい呼吸をする、的に集中する、自分の意志を明確にする、姿勢を優雅に保つ、的を敬う。これら全てを行うためにはどれほどの努力が必要か、あなたはよく知っている。しかし、この世界では何ものも、長い時間私たちのもとに止(とど)まりはしないことも、あなたは理解する必要がある。ある一瞬にあなたは手を開いて、あなたの意志が自らの運命に従うのを許さなければならないのだ。

従って、優雅な姿勢と正しい意図にたどり着くまでの全ての段階をあなたがどんなに愛していようと、矢羽根や矢の先端や矢の形をどんなに好ましく思っていようとも、矢はあなたのもとを離れなければならない。

しかしながら、射手が矢を放つ準備ができないうちは、矢は離れることができない。なぜならば、矢の飛翔は一瞬のことだからだ。

正しい姿勢と集中力が達成されてからおもむろに矢を放つことはできない。なぜならば、身体はその姿勢と集中力を保つための努力を一瞬たりとも持ちこたえることができずに、手が震え始めるからだ。

弓、射手、そして的が宇宙と一つになった瞬間に、矢は放たれなければならない。これはインスピレーション（霊感）と呼ばれる。

繰り返し

身のこなしは言葉を具現したものである。つまり、行動とは表現された思考なのだ。

小さな身体の動きは私たちの弱点をさらけだす。だから、すべてを磨き上げ、細かいことについて考え、動きが本能的なものになるまで、私たちは技術を学ばなければならない。

本能は決まり切った手順とは全く無関係である。それは技術を超越した心の状態と関係している。

多くの練習を積んだ後は、私たちはもはや必要な動作について考えはしない。それらは私たちの存在の一部になっているからだ。しかし、そうなるまでには、あなたは練習を積み、何度も同じことを繰り返さなければならない。

そして、それでもまだ不十分ならば、もっと繰り返し、もっと練習しなければならない。

熟練した蹄鉄工が鋼鉄を打っている様子を見なさい。訓練されていない目には、彼は単にハンマーを繰り返し同じように振り下ろしているだけだ。

しかし、弓の道を知っている者はだれでも、彼がハンマーを振り上げ、打ち下ろす度ごとに、どの一撃も強さが違う事を知っている。手は同じ動作を繰り返しながら、金属に近づくにつれて、それをより強い力で打つべきか、より弱い力で打つべきか、理解しているのだ。

だから、繰り返すことが大切なのだ。それは同じように見えるかもしれないが、一回ごとに異なっている。

風車を見なさい。一度しか、風車の羽根が回っているのを見たことのない人にとっては、それは同じ速さで動き、同じ動きを繰り返しているように見えるだろう。

しかし、風車を良く知る人は、風車が風によって動きが変わり、必要に応じて方向を変えることを知っている。

蹄鉄工の手は、何千回もハンマーを振り下ろす動作を繰り返すことによって、熟練の域に達した。風車の羽根は風が強く吹くときに速く廻ることができる。こうして、その装置がうまく動くようにしているのだ。

射手は多くの矢が的を外してずっと遠くへ行ってしまっても良しとする。なぜならば、彼は弓、姿勢、弦、そして的の大切さを、何千回もその動作を繰り返すことと失敗することを怖れないことによってのみ、学ぶことができると知っているからだ。

そして、彼の真の仲間は彼を絶対に批判しない。なぜならば、練習が必要であること、そして、それが本能を、ハンマーの一撃を、完璧（かんぺき）にするための唯一の方法であることを、彼らは知っているからだ。

そして、もはや彼にとって自分が行っていることを考える必要がない瞬間がやってくる。その時から、射手は彼の弓となり、矢となり、的となる。

的に向かって飛翔する矢を見る

一旦、矢が放たれれば、射手にできることは、矢が的に向かう様子を目で追う以外には何もない。そしてその瞬間から、矢を射るために必要とされた緊張は、それ以上、存在理由を持たなくなる。

従って、射手は彼の目を飛んで行く矢に向ける。しかし、彼の心は安らぎ、彼は微笑みを浮かべる。

弦（つる）を放した手は後方へと引かれる。弓を持っている手は前方に動く。射手は両腕を大きく広げざるを得ず、その胸は味方と敵の両方の視線に晒（さら）される。

もし、彼が十分に修練を積んでいれば、もし彼が自分の本能を発達させていれば、もし彼が矢を射るという全てのプロセスで優雅さと集中を維持していれば、彼はその瞬間、宇宙の存在を感じ、自分の行為が正しく、価値のあるものだと知るだろう。

技は、両手が準備万端整い、呼吸が正確になり、両方の目で的を見すえるようになるのを許す。本能は矢を放つ瞬間が完璧になるのを可能にする。

近くを通りかかって、両腕を広げている射手をちらっと見ただけの人はみな、何も大切なことは起こっていないと思うだろう。しかし、彼の仲間は、矢を射た人の心の次元が変わったことを知っている。彼の心は今、宇宙全体に触れているのだ。

その間も彼の心は働き続けている。その一射について良かった事すべてを学び、過ちを正し、すぐれた点を受け入れ、矢が当たったときに的がどのように反応するかを見ようと、待ち構えている。

射手が弓の弦を引き絞るとき、彼は自分の弓の中に全世界を見ることができる。

彼が矢の飛翔(ひしょう)を目で追うとき、その世界は彼にさらに近づき、彼を抱きしめ、そして仕事を完遂したという満ち足りた感覚を与える。

矢は一本一本、異なる飛び方で飛翔する。あなたは何千本という矢を射ることができるが、その一本一本が異なる軌跡を描いて飛んでゆく。それが弓の道なのだ。

弓も矢も的も持たない射手

射手にはやがて、弓道のあらゆるルールを忘れ、完全に本能に従って行動し続けるようになるときがやってくる。しかし、ルールを忘れるようになるには、まずルールを尊重し、ルールを知らなければならない。

この状態に達したとき、もはや射手はそれまで彼の学びを助けてくれた道具を必要としなくなる。彼はすでに弓も矢も的も必要としない。なぜならば、彼を最初にその道に連れて行ってくれた道具よりも、道そのものの方がずっと大切だからだ。

それと同じように、文字を学んでいる生徒は、ある時、一つひとつの字から自由になって、それらを使って言葉を作り始める。

しかし、言葉を全部つなげて書いてしまうと、それは全く意味をなさないか、または理解するのが非常に難しくなる。言葉の間にスペースが必要なのだ。

一つの動作と次の動作の間に、射手は自分が行ったすべてのことを思い出す。彼は仲間と話をする。そして休息し、生きているという事実に満足する。

弓の道とは、喜びと情熱の道、完璧と過ちの道、技と本能の道である。

「しかし、矢を射続けることによってのみ、お前はこのことを学ぶのだ」

エピローグ

哲也が話し終わったとき、二人は大工の工房に戻ってきた。
「一緒に来てくれてありがとう」と彼は少年に言った。
しかし、少年は立ち去ろうとはしなかった。
「自分が正しいことをしているかどうか、どうすれば分かりますか？　どうすれば、僕の目が焦点を定めているかどうか、姿勢が優雅かどうか、弓を正しく持っているかどうか、分かるのですか？」
「お前の横にいつも完璧な先生をイメージしなさい。そして、彼を尊敬し、彼の教えを敬うためにあらゆることをしなさい。この先生を、多くの人が神と呼び、『それ』または『才能』と呼ぶ人もいる。いずれにしろ、この存在は常に私たちを見守っている」
「彼は最高の存在なのだ」
「また、お前の味方、仲間を忘れないようにしなさい。お前は彼らを助けなければならない。なぜならば、彼らはお前が助けを必要とするとき、お前を助けてくれるからだ。そして人を思いやる能力を育てなさい。この能力は常にお前の心を平和にしてくれるだろう。しかし、何よりも、私がお前に教えたことは魂の言葉だということを、決して忘れてはいけない。ただ、それらの言葉の意味が分かるのは、お前が自分自身でそれを体験した時だろう」

哲也はさようならを言うために手を差し出したが、少年はさらに質問をした。

「もう一つあります。あなたはどのようにして、弓矢を学んだのですか？」

哲也は一瞬考えていた。あの話をする価値があるだろうか？この日は特別な日だったので、彼は工房の扉を開けて言った。

「お茶を淹れよう。そしてお前に話してあげるよ。しかし、私があの見知らぬ男と約束したのと同じことを、お前は私に約束しなければいけない。私の弓道家としての技について、誰にも話さないということだ」

彼は中に入り、明かりをつけ、弓を革製の長い袋の中に再びしまい込むと、外から見えないところにしまった。誰かがそれに躓いたとしても、それはただの曲がった竹だと思うだろう。彼は台所に行き、お茶を淹れ、少年の横に座った。そして彼の物語を語り始めた。

「当時、その地方に住んでいた高貴なお方のために、私は働いていた。彼の馬の面倒を見るのが役目だった。しかし、主人はいつも旅にでていたので、私には自由な時間が沢山あった。そこで、私は生きている本当の理由だと思っていたことに、自分を捧げることにした。それは酒と女だった」

「ある日、何日も寝ないで過ごした後、私はめまいを起こして町からずっと離れた野原の真ん中で倒れてしまった。私は自分は死ぬのだと思い、すべての希望を捨てた。しかし、それまで一度も見たことのない男が、偶然その道を通りかかった。彼は私を助けて、自分の家に連れて行ってくれた。ここから遠く離れた場所だ。そしてその後何ヶ月もの間、私が元気になるまで看病してくれた。回復するまでの間、私は彼が毎朝、弓矢を持って出かけるのを見ていた」

「私が病気から回復したとき、私は彼に弓の技を教えて欲しいと頼みこんだ。それは馬の世話をするよりも、ずっと面白かった。彼は私に、死は私の間近まで来ている、もうそれを避ける方法はない、と言った。死は私から二歩の所にいる、私が自分の身体を究極まで痛めつけたからだと」

「さらに、私が教わりたいというのは、それは死が私に触れるのを防ぐためだけだ、とも言った。海の向こうの遠い国に住む男が、死の淵へと続く道をしばらく避けることは可能だと、彼に教えてくれたそうだ。しかし、私の場合は、私の残りの日々ずっと、自分がその死の淵のへりを歩いていて、いつでもそこに落ちる可能性があることを知っている必要があった」
「彼は私に弓の道を教えてくれた。そして私を自分の仲間に紹介し、競技大会に参加させ、間もなく、私の名は国中に広まった」
「私が十分に学んだのを見て、彼は私の矢と的を取り上げて、弓だけを記念として残してくれた。そして、『これまで教えたことを使い、お前を本当の情熱で満たしてくれることを行いなさい』と私に言ったのだった」
「『一番好きなのは大工仕事です』と私が言うと、彼は私を祝福してくれた。そして、『お前の弓道家としての名声がお前を破滅させるか、以前の生活に舞い戻らせるかする前に、ここを去って自分が一番楽しめることに一生を捧げなさい』と、言ってくれたのだった」
「それからはどの瞬間も、私の弱点と自己憐憫(れんびん)に対する闘いだった。私は集中し、穏やかでいる必要があった。そして選んだ仕事を愛を持って行い、決して今の一瞬にしがみつかないことも必要だった。なぜならば、死は未(いま)だにすぐ近くにいて、死の淵は私のすぐ横にあり、私はいつもそのへりを歩いていたからだ」
　哲也は、死は常にすべての生きとし生けるもののすぐ近くにある、とは言わなかった。少年はとても若くて、彼にはまだそのようなことを考える必要はなかったからだ。

哲也は弓の道が人間のどの活動の中にも存在するとも言わなかった。

何十年も前に彼が祝福されたように、彼は少年を祝福した。そして、「もう帰りなさい」、と少年に言った。その日は長い一日であり、彼は寝る必要があったからだ。

謝辞

『弓と禅』（ダービーエディション、2016）の著者、オイゲン・ヘリゲルに感謝します。

シュワップ基金の理事、パメラ・ハーティガンに感謝します。仲間の本質について示唆してくれました。

小沼英治氏『弓道』の共著者、ダンとジャッキー・デプロスペロ夫妻に感謝します。

死とナグアルエリアスの出会いについて描いたカルロス・カスタネーダに感謝します。

著者について

パウロ・コエーリョの人生は、彼の著作のインスピレーションの基になっている。彼は死をもてあそび、狂気から逃げ出し、薬物にふけり、拷問を耐え、魔術と錬金術を体験し、哲学と宗教を学び、本を読みあさり、信仰を失い、そして復活し、愛の苦しみと喜びを体験した。世界中で自分自身の場所を探し続け、彼は誰もが直面する冒険に答えを発見した。誰もが自分自身の運命を発見するために必要な強さを自分の中に持っていると、彼は信じている。

パウロ・コエーリョの本は88か国語に翻訳され、170以上の国々で3億2000万部以上、売れている。彼の小説、『アルケミスト』は8500万部以上販売され、多くの人々によって、優れた物語として称賛されている。

彼はブラジル文学アカデミーの会員であり、2007年には国連ピース・メッセンジャーに任名された。

イラストレーターについて

ドイツのバイブリンゲンに生まれたクリストフ・ニーマンは画家、作家、アニメーターである。彼の作品は定期的に、『ニューヨーカー』『ナショナルジオグラフィック』『ニューヨークタイムズマガジン』の表紙になっている。彼の作品は多くの美術館で収集されている。彼は多くの本の著者であり、その中には『Sunday Sketching』(2016)、『Souvenir』(2017)などがある。最も新しい本は、『Hopes and Dreams』であり、ロサンジェルスの芸術家に会いに行く旅の物語である。彼は家族とともにベルリンに住んでいる。

［訳者紹介］

山川紘矢 やまかわ・こうや

1941年静岡県生まれ。東京大学法学部を卒業後、大蔵省に入省。87年に退官し、亜希子夫人とともにスピリチュアル・ブックを日本に翻訳紹介しつづける。

山川亜希子 やまかわ・あきこ

1943年東京都生まれ。東京大学経済学部卒業後、大蔵省勤務の夫とともに海外生活を経験し、マッキンゼー・アンド・カンパニーなどの勤務を経て、翻訳に携わる。

弓を引く人

2021年11月20日　初版発行

著　者　パウロ・コエーリョ
訳　者　山川紘矢＋山川亜希子
発行者　青柳昌行
発　行　株式会社 KADOKAWA
〒102-8177 東京都千代田区富士見2-13-3
TEL. 0570-002-301（ナビダイヤル）
印刷所　図書印刷株式会社

●お問い合わせ
https://www.kadokawa.co.jp/（「お問い合わせ」へお進みください）
※内容によっては、お答えできない場合があります。
※サポートは日本国内のみとさせていただきます。
※ Japanese text only

定価はカバーに表示してあります。

ISBN 978-4-04-111416-2　C0097